내가 흐르지 않으면 시간도 흐르지 않는다

아불류 시불류

이외수의 비상법

아불류 시불류

我不流 時不流

정태련이 그리고
이외수가 쓰다

그대를 사랑하기 전에 내가 겪었던 일들은 모두 전생이었네.

| 차례 |

1장

처음으로 별을 오각뿔로 그린 사람은 누구일까

옷걸이에 축 늘어진 채 걸려 있는 옷을 보면서 문득 '나는 어디로 갔
지'라고 생각해 보신 적이 있으신가요.

태양은 대기업의 빌딩 위에만 떠오르지는 않습니다.

초등학생들이 쓴 소설을 보면 정말 대단하다. 주인공은 대개 만능선수고 마음에 드는 여자와 사흘 만에 결혼해서 다음 달에 애를 낳는다. 그리고 어떤 위기상황이 닥쳐도 걱정이 없다. 자고 일어나니 모든 것이 꿈이었다로 끝을 맺으면 되는 것이다.

'술 한잔 마시자'라는 표현이 '술 한잔 꺾자'라는 표현으로 변하고 '밥 한번 사겠다'라는 표현이 '밥 한번 쏘겠다'라는 표현으로 변했다. '웃었다'라는 표현은 '뿜었다', '터졌다'로 통용된다. 세상이 척박해지고 사람들이 공격적으로 변했다는 증거다.

집필실 창문 앞에 있는 개복숭아 나무에게 물었다. 언제 꽃피울 거니. 개복숭아 나무가 대답했다. 절로, 꽃피우는 거지 작정하고 꽃피우는 거 아닙니다.

어떤 독자가 내게 물었다. 글이 안 될 때는 어떻게 하나요. 내가 대답했다. 될 때까지 물고 늘어집니다. 독자가 다시 물었다. 지겹지 않으세요. 내가 다시 대답했다. 글이 저를 지겨워하겠지요.

친구가 저 세상으로 떠나버린 꿈을 꾸고 울다가 일어났는데 친구가 머리맡에서 내가 잠에서 깨어나기를 기다리고 있을 때. 햐아, 이 개쉐키. 내뱉는 욕 한마디의 정겨움이여.

행복해지고 싶으신가요. 계절이 변하면 입을 옷이 있고 허기가 지면 먹을 음식이 있고 잠자기 위해 돌아갈 집이 있다면, 마음 하나 잘 다스리는 일만 남았습니다.

떡밥도 없는 빈 낚시를 일상의 강물에 드리우고 성공이라는 이름의 대어가 걸려들기를 바라는 조사들이여. 자신이 욕망과 나태의 바늘에 걸린 줄도 모르고 찌가 움직이기만 기다리고 있는 모습, 이 노인의 눈에는 참으로 가련해 보이네.

지나가는 구름 그림자에 놀라서 짖어대는 개가 무슨 도둑을 잡으랴.

11

아이야, 먹을 갈아라. 세상은 어둡지만 오늘은 일필휘지, 보름달이나
두둥실 낚아 올리고 싶구나.

12

담배를 피우다 보면 언젠가 담배가 그대에게 묻는 날이 올 것입니다.
죽을래 피울래. 하지만 그때는 이미 목숨이 죽을래 쪽으로 확연히 기울
어져 있는 상태입니다. 죽기를 각오하고 피우시느니 살기를 각오하고 끊
으시는 의지, 그대에게도 내재되어 있습니다.

어느 동네에건 반드시 바보가 한 명씩 배치되어 있다. 하나님께서 스 승으로 한 명씩 내려보내셨다. 그들은 어떤 경우에도 자신의 영달을 위 해 잔머리를 굴리지 않는다. 그들은 어떤 경우에도 남을 모함하거나 비 방하지 않는다. 부디 조롱하지 말고 경배하라.

지상에서 꽃 한 송이가 피어나면 천상에서도 별 한 개가 태어나고 지 상에서 꽃 한 송이가 떨어지면 천상에서도 별 한 개가 소멸합니다. 그러 니 천상과 지상은 따로가 아닙니다.

대한민국 정부가 진실로 녹색성장을 꿈꾼다면 먼저 갈색으로 변해 있는 대한민국의 젊은이들부터 녹색으로 바꾸는 일에 주력해야 한다. 자연은 가만히 내버려두어도 녹색으로 성장한다.

차나 한잔 하고 가소—어쩐지 있어 보이는 법문이다. '밥이나 한 그릇 때리고 가소'나 '술이나 한잔 꺾고 가소'와는 비교가 안 되는 것이다. 역시 풍류에는 운치가 있어야 한다.

17

어떤 분께서 저는 몇 등짜리 소설가냐고 조심스럽게 물으셨습니다. 운동에는 등수가 있어도 예술에는 등수가 없습니다. 굳이 이름을 붙인다면 무등잡배라고나 할까요.

18

이외수, 오늘의 명언—살은 스트레스를 먹고 자란다.

19

예술적인 것과 실용적인 것이 서로 충돌하게 되면 예술에도 실용에도 실패한 것이다. 예술의 궁극은 아름다움에 있으며 조화는 반드시 아름다움을 간직한다. 그런데 이따위 말을 할 줄 안다고 예술까지 할 줄 아는 것은 아니라는 사실이 나를 슬프게 한다.

코끼리가 돼지를 보고 말했다. 어떤 놈이 코를 밑둥에서부터 싹뚝 잘라가버렸구나. 눈 뜨고 코 베어 먹히는 세상이라더니 거짓말이 아니었네.

자신의 작품을 통해 단 한 명의 허기진 영혼이라도 달랠 수 있기를 바라는 마음 하나로 이 세상 예술가들은 오늘도 기꺼이 밤을 지샌다.

22

당신도 가끔 가족들 몰래 화장실에 들어가 벽에 이마를 기대고 소리없이 흐느껴보신 적이 있나요.

23

어떤 문장에는 이빨이 있고 어떤 문장에는 발톱이 있다. 어떤 문장은 냉소를 머금고 있고 어떤 문장은 미소를 머금고 있다. 말 한 마디로 천냥빚을 갚고 글 한 줄로 천생연분을 맺는다. 글은 자신의 품격을 대신한다.

24

교훈은 간직하라고 전해주는 것이 아니라 실천하라고 전해주는 것이다.

　어느 날 내가 순전히 꽃을 보기 위해 화분에 화초 한 포기를 심었는데
세인들은 내가 글을 쓰기 위해 화초를 심은 거라고 단정했다. 마침내 꽃
이 피어서 내가 그것을 감상하고 있을 때였다. 세인들은 왜 꽃이 피었는
데 글을 쓰지 않느냐고 닦달하기 시작했다.

28

인간은 딱 두 가지 유형밖에 없다고 단정하는 사람들이 있다. 한 유형
은 자기와 생각이 같은 사람, 한 유형은 자기와 생각이 다른 사람이다.
그리고 자기와 생각이 같은 사람은 좋은 놈, 자기와 생각이 다른 사람은
나쁜 놈이다. 이상한 놈? 그런 건 없다.

차는 달이건 기우는 달이건 미간을 찌푸린 채 떠오른 적은 한 번도 없습니다. 누가 뭐라고 해도 무궁화 삼천리 화려강산, 다 같은 단군의 자손들인데 서로 웃으면서 살아갑시다.

28

    고작 머리 한 번 쓰다듬어주었을 뿐인데 숨이 넘어갈 태세로 기뻐 날뛰는 강아지. 그동안 한집에 살면서 건성으로 눈길만 주고 지나친 나를 한없이 부끄럽게 만드네.

29)

바위에 떨어진 산새의 깃털 하나로 숲을 그렸네.

　겸손이 몸에 배어 있는 자, 만물이 다 스승으로 보이고, 자만이 몸에
배어 있는 자, 만물이 다 쓰레기로 보이나니, 팔자소관이 따로 있으랴.
다 제 하기 나름인 것을.

어느 마을에 현자 하나가 살고 있었다. 그는 소통의 달인이었다. 어떤 사람이 그에게 비결을 물었다. 상대편과 눈높이를 맞추는 것이 비결이오. 현자의 대답이었다.

어느 날 뚝건달 하나가 현자를 찾아와 대화를 청했다. 물론 현자는 대화에 응해 주었다.

뚝건달은 대화를 마치고 돌아가는 길에 소문을 듣고 현자를 찾아오는 행인 하나와 마주쳤다. 행인은 현자에 대해서 물었다. 그러자 뚝건달이 대답했다. 가 봤자 별거 아닐 거요. 딱 내 수준에 불과하니까.

코끼리를 처음 본 피노키오—나보다 더 거짓말을 많이 하고 사는 놈
들도 있었구나.

진실로 시인이 되고 싶은가. 그렇다면 돌아앉아 울고 있지만 말고 그대를 목 조르는 현실부터 먼저 목 졸라 죽여버리도록 하라. 어느 시대건 그 시대의 현실은 노골적으로 또는 은밀하게 예술을 살해하고 문학을 암장한다.

사랑이 현재진행형일 때는 서로가 상대에게 애인으로 존재하게 되지만, 과거완료형일 때는 서로가 상대에게 죄인으로 존재하게 된다. 하지만 어쩌랴. 죄인이 되는 것이 겁나서 이 흐린 세상을 사랑도 없이 살아갈 수는 없지 않은가.

35

축구경기를 하고 있는데 어디선가 야구공 하나가 날아와 골대를 통과합니다. 그리고 전광판에 그것이 골인으로 기록됩니다. 관객들이 아우성을 치지만 전광판의 스코어는 수정되지 않습니다. 다음 날 몇몇 찌라시가 전광판의 스코어를 그대로 인정하면서 참으로 멋진 경기였다는 논평을 내보냅니다. 이래도 되는 건가요. 캑!

당신이 다른 사람을 위해 기도할 때마다 밤하늘에 별이 하나씩 돋아난다면 당신 때문에 생겨난 밤하늘의 별은 모두 몇 개나 될까요. 설마 한 개도 만들지 못한 사람은 없겠지요.

하다못해 연쇄살인범도 '인생이 구름 같다'는 소리를 하고 죽는다. 대한민국은 정말 문학적인 나라다.

  사나흘 싯누런 황사바람 하늘 가득 범람하고, 사람들 마스크를 쓴 채 무성영화 속의 좀비들처럼 거리를 흘러 다니고 있네. 이제는 모든 것이 당연지사. 하지만 사람들아 오해는 하지 마소. 세상은 본디 이렇지가 않았고 하늘도 본디 저렇지가 않았으니.

길 없는 허공에서 일어나 길 없는 허공에서 스러지는 안개처럼—잠시 춘천에 와서 안개중독자로 떠돌고 있습니다. 어둠이 내게로 다가와 낙타처럼 무릎을 굽히면, 밀감빛 등불 원고지를 적시는 집필실로 돌아갈 예정입니다.

아, 나는 멀고 먼 사막을 건너온 낙타. 이제 달빛 한 장을 홑이불 삼아 지친 몸을 눕힌 채 끝없이 잠들고 싶어라.

요즘 젊은이들은 거래와 사랑을 혼동하고 있는 것 같다. 사랑이 차라리 화천 같은 청정지역에서 고랭지 채소처럼 재배되는 것이라면 그래도 상관이 없겠지. 돈만 있으면 야채시장에서 차떼기로 몇 트럭씩 사들일 수도 있겠지.

12

분명히 선택은 자신이 해놓고 나중에 잘못된 선택인 줄 알게 되면 타인을 원망하는 사람들이 있다. 자신의 잘못을 절대로 인정하려 들지 않는 자존심. 그것이 결국 자신의 발등을 찍는 도끼임을 깨닫지 못하기 때문에 평생을 절름거리며 살게 되는 것이다.

13

파리가 먼지에게 물었다. 넌 날개도 없는데 어쩜 힘 하나 안 들이고 그토록 우아하게 날 수가 있니. 먼지가 대답했다. 다 버리고 점 하나로 남으면 돼.

14

당신이 모르는 야생식물은 모두 잡초로 분류되나요.

15

겨울. 새벽 냉기가 날을 잘 벼린 회칼처럼 싸늘하게 미간을 스치고 지나갑니다. 불현듯 그림을 그리고 싶은 충동에 사로잡힙니다. 역시 예술은 외로움으로부터 출발하는 것이 분명하다는 생각을 했습니다.

따귀를 맞더라도 명품시계 찬 손으로 맞고 싶어요―된장녀.

감성마을 몽요담에 해의 비늘 흩어져 반짝거리고 있다. 사랑아, 오늘
은 저 비늘로 목걸이를 만들어 그대 목에 걸어주리니, 행여 흐린 세상이
오더라도 울지 말고 살아라.

48

제자가 스승보다 뛰어날 때 청출어람이라는 말을 씁니다. 그런데 좋은 점은 스승을 뛰어넘지 못하고 나쁜 점만 스승을 뛰어넘을 때는 어떤 말을 써야 하나요. 뻘출어람이라고 해야 하나요.

49

무엇이 푸르냐고 나에게 묻지 말라. 그대가 푸른 것이 곧 진실이다.

50

돈이 그대에게 오도록 만들고 싶은가. 그러면 사람이 먼저 그대에게
오도록 만들어라. 사람을 곁에 머무르게 만들 수 없다면 어찌 돈을 곁에
머무르게 만들 수 있겠는가.

51

나 어릴 적 겨울 밤에는 찹쌀떡 장수가 길게 목청을 뽑아 차압싸알떠
억을 외치면서 골목을 빠져나가곤 했지. 때로는 장님의 구슬픈 피리 소
리도 그 뒤를 따라가곤 했어. 그 풍경들은 모두 어디로 사라져버렸을까.
아무튼 겨울 밤이 깊어서 외로움도 깊었던 시절.

2장

지구에는 음악이 있기 때문에 비가 내리는 것이다

원고지에 낱말을 파종한다, 라는 내 문장을 읽고 지나치게 똑똑해서 주변 사람들의 눈살을 찌푸리게 만드는 초딩 하나가 자신감이 충만한 표정으로 내게 말했다. 이런 경우가 바로 말이 씨가 되는 경우지요.

무려 다섯 번이나 문장을 고쳤는데도 마음에 들지 않는다. 이럴 때 언어가 생물일지도 모른다는 생각을 하게 된다.

세상은 살아갈수록 복잡해지고 인생은 살아갈수록 간단해진다. 그래서 살만 하다는 생각이 들게 되면 떠날 때가 되었음을 깨닫게 된다.

어떤 내방객이 내게 물었다. 왜 선생이 사는 감성마을은 내비게이션에 안 나옵니까. 내가 물었다. 선생은 주민등록증을 가지고 다니는 신선을 본 적이 있소. 내방객이 물었다. 무슨 뜻입니까. 내가 대답했다. 선계가 내비게이션에 나올 리가 없다는 얘깁니다.

2012년에 지구가 멸망한다는 설이 있다. 사실이라면 지구의 수명은 이제 2년밖에 남지 않았다. 하지만 무슨 걱정이냐. 내가 고작 육십 몇 년을 사는 동안, 지구는 적어도 십 년에 한 번씩은 풍문에 의해 멸망했던 역사를 간직하고 있는 행성인데.

마누라가 갑자기 은근한 목소리로 내게 물었다. 당신도 글쓰면서 많이 울었지요. 빌어먹을, 고작 그 한 마디를 들었는데 왜 주책없이 눈시울이 뜨거워지는 거냐.

58

절름발이에 청맹과니 아닌 놈 손 들어보소 일갈했더니 길가에 늘어선 가로수들 모두 저요저요 손을 들어 보이고 밤하늘 별들이 모두 초롱초롱 눈웃음을 짓고 있네.

59

한밤중. 우울이 주렁주렁 열리는 나무에서 잘 익은 우울 한 개를 따서 껍질을 말끔히 벗겨내고 믹서에 갈아 절망의 분말을 한 스푼 정도 섞은 다음 한 컵 정도의 쓰디쓴 그리움과 혼합해서 마시면 자살충동이 배가됩 니다.

60

시를 알려고 애쓰지 말라. 시는 알게 만들기 위해서 존재하는 예술이 아니라 느끼게 만들기 위해서 존재하는 예술이다.

61

이토록 치열한 생존의 전쟁터에서 왜 거추장스러운 낭만 따위를 데리고 다니느냐고 묻는 모택동식 군대의 행보관급 현실주의자들에게 묻고 싶습니다. 노래방에는 마이크 씹어 드시러 가시나요.

62

울지 마라. 사랑은 시간이 지나면 말라버리는 접시물이 아니라 시간이 지날수록 고여서 넘치는 옹달샘이다. 울지 마라. 헌 사랑이 떠나면 새 사랑이 오나니. 울지 마라.

63

아무리 학벌이 좋고 아무리 직급이 높아도 양심을 팽개치고 사리사욕에 눈멀어 있다면 짐승보다 무가치한 인간으로 보아도 무방하다. 그런데 정작 해당되는 장본인들은 젠장할, 예술 따위에는 전혀 관심이 없기 때문에 내 글을 절대로 안 읽는다.

64

순진무구하기 짝이 없는 아가씨에게 '자니'라고 보내야 할 문자를 어쩌다가 '자지'라고 보내고 이틀이 지나서야 그 사실을 깨달았다. 워쩌!

65

자지? 하면 오해를 덜 수도 있었는데 왜 물음표를 안 붙였느냐 하면요, 저 아직 핸펀에서 기호 쓸 줄 모르거든요 으헝.

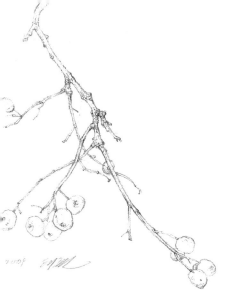

어느 날 아내가 차려주는 밥상을 받아들고 한 끼의 밥상이 내 앞에 차려지기까지 얼마나 많은 사람들의 노고가 바쳐졌는가를 생각하면서 가슴이 뭉클했던 적이 있습니다. 이럴 때는 차라리 가난이 아름답습니다.

서재에서 밤새도록 책을 읽던 귀뚜라미 소리가 요즘은 들리지 않는다. 병뚜껑에 포도주 가득 따르고 삼겹살이라도 한 조각 구워서 사금파리에 올려놓고 책거리라도 해주었어야 하는데 내가 너무 소홀히 했다는 생각이 들었다. 그렇다고 삐치냐 귀뚤선비.

믿음은 마음에서 만들어지고 오해는 머리에서 만들어진다.

공부해서 남주냐, 라는 옛날 유행어가 있었다. 하지만 공부해서 남 안 주는 놈들이야말로 헛공부를 한 것이나 다름이 없다.

70

햇빛이 날 보고 돈 달라고 한 적 없고 풀꽃이 날 보고 돈 달라고 한 적 없어요. 집 나가면 도처에서 돈 달라고 손 벌리는 도시. 왜들 거기서 악착같이 사시나요.

71

사자의 힘이 막강하기는 하지만 그 막강한 힘을 고작 먹이 구하는 일에만 쓰게 된다면 별명만 백수의 왕이지 현실적으로는 앵벌이나 다름이 없다.

세상에 한 맺힐 일 무엇이 있으랴. 만남도 헤어짐도 다 팔자소관이라고 생각하면 그만일 뿐. 오, 인생을 다 말아 먹고 피눈물로 소매끝을 적시더라도 팔자소관, 단 네 음절이면 그 아픔 가벼이 날려버릴 수 있었던 옛 사람들의 지혜로움이여.

속담의 재발견 문자 메시지 많이 보낸다고 문장력 좋아지는 건 아니다.

바로 앞에서 마주 보고 있어도 천 리나 떨어져 있는 듯한 느낌을 주는 사람이 있는가 하면 천 리나 멀리 떨어져 있어도 바로 앞에서 마주 보고 있는 듯한 느낌을 주는 사람이 있습니다. 그대가 생각하는 사람과 그대 사이의 간격은 어느 정도인가요.

75

꽃이 피는 시기에 열매가 열리기를 재촉하지 말고 열매가 열리는 시기에 수확을 거두기를 재촉하지 말라. 하늘은 어떤 경우에도 시기를 놓치지 않는 법, 서두르면 오히려 일을 그르치기 마련이니라.

76

냉장고 문을 열고 멍 때릴 때가 많다. 도대체 무엇을 꺼내려고 냉장고 문을 열었는지 생각이 나지 않는다. 안녕, 냉장고 속에 들어 있는 식품들한테 인사를 던지고 냉장고 문을 도로 닫는다. 냉장고가 중얼거리는 소리가 들린다. 싱거운 놈.

인터넷을 떠돌다 보면, 글밥 서른이 넘은 나한테 글쓰기를 가르치려 들거나 나이 환갑이 넘은 나한테 인생을 설교하는 젊은이들을 만날 때가 있다. 나이를 불문하고 겸허히 받아들여야 하겠지만 대부분 터치폰 앞에서 다이얼 돌리는 소리들이니, 어카믄 좋으냐.

창문을 열었습니다. 하늘이 흐렸습니다. 나무들이 흐린 하늘에 그물을 걸어두고 새들이 날아오기를 기다리고 있습니다. 함박눈이 쏟아질 것 같은 날씨입니다. 함박눈이 쏟아지면 감성마을은 교통이 두절됩니다. 그대에 대한 그리움도 당분간 문을 닫습니다.

79

한나절 꿈도 없이 잘 자고 일어났더니 한나절 꿈도 없이 잘 자고 일어
난 소식조차 꿈이더라.

80

하나님, 제 마음속에도 DEL키를 달아주세요. 터치 한 번으로 말끔하
게 마음을 비우고 싶으니까요.

창문을 열고 바깥을 내다본다. 주말을 기해서 모든 풍경 속에 햇빛이 생금가루처럼 눈부시게 반짝거리고 있다. 꽃 같은 여자 하나 데리고 영화의 한 장면처럼 저 속을 한가롭게 거닐고 싶은데 현실은 쿨럭, 환갑 넘어 팔다리 쑤시는 방콕.

82

지구에도 봄 여름 가을 겨울이 있고 우주에도 봄 여름 가을 겨울이 있다. 물론 사람들 인생에도 봄 여름 가을 겨울이 있다. 하지만 사람들은 대개 자신의 인생 전체가 봄이기를 바라기 때문에 불행해진다.

불확실한 미래, 불확실한 현실을 앞에 두고, 이 새벽까지 깨어서 작업에 몰두하고 있는 젊은이들이 있다. 그들이 내 가슴을 뭉클하게 만든다. 나도 한때는 그런 모습으로 살았던 적이 있으므로.

우랄알타이어가 부랄알타이어로 읽혀지면 변태인가요.

당신의 사랑이 자주 흔들리는 이유는 그것이 진품이 아니기 때문이다.

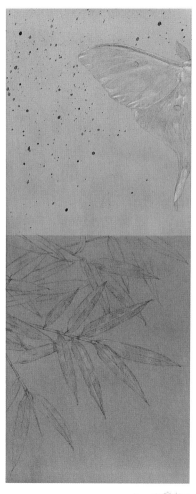

어린이들이 불량식품에 대해 거부할 수 없는 매력을 느끼는 것과 여자들이 나쁜 남자에 대해 거부할 수 없는 매력을 느끼는 것 사이에는 어떤 동질성이 내포되어 있는 것일까.

살려야 하는 양심은 한사코 목 졸라 죽이고 죽여야 하는 욕망은 한사코 살찌우는 인간들이 있다. 세상을 살다 보면 자신도 모르게 겉은 사람이지만 속은 짐승으로 변해버리는 수가 있으니 사는 일이 곧 수행이라는 사실을 명심하는 일이 만공부의 으뜸이다.

평소 잘 알고 지내는 집사님 한 분이 제게 그림을 한 장 그려 달라고 간곡히 부탁하셨지요. 저는 연꽃을 한 장 그려 드렸습니다. 그러자 집사님은 불교적인 꽃이니 다른 것을 그려 달라고 하셨습니다. 제가 말했지요. 연꽃도 하나님이 지으신 꽃입니다.

천사가 나타나기를 기다리는 쪽보다는 당신이 직접 천사가 되는 쪽이 세상을 아름답게 만듭니다.

90

박살난 햇빛 속에서 칸나꽃 화냥기로 불타는 한나절, 사내들은 몇 번
이나 등목을 해보지만 혈관 속에서 시끄럽게 울어 대는 매미들을 잠재울
방도가 없네. 온 세상 나무들 빈혈을 앓는 여름.

　문학은 단순한 소통이나 전달만을 목적으로 하지는 않는다. 단순한 소통이나 전달은 모스 부호로도 충분하다. 하지만 모스 부호로는 수백만의 인명을 구제할 수는 있어도 수백만의 영혼을 구제할 수는 없다.

국어사전에서 대추라는 단어를 찾아보았다. 대추나무에서 열리는 열매라고 풀이되어 있었다. 다시 대추나무를 찾아보았다. 대추가 열리는 나무라고 풀이되어 있었다. 건조했다. 그래서 나는 나름대로의 사전을 하나 만들었다. 그것이 이른바 감성사전이다.

오래된 사양의 컴퓨터, 어느 날 갑자기 작동을 멈추어버렸다. 온갖 방법을 동원해서 고쳐보려다가 포기해 버리고 신경질적으로 본체를 한 방 걷어찼는데 어마나, 컴퓨터가 갑자기 작동을 시작했다. 오, 한순간에 기계가 폭력을 이해하는 경지로까지 진화할 수 있다니!

94

동물이 인간으로 화하려면 100일 동안이나 마늘과 쑥을 먹어야 한다 지만 인간은 양심만 팽개쳐버리면 그 즉시 동물로 화해버릴 수가 있다. 우리들 주변에 마늘과 쑥을 죽을 때까지 먹여도 이제는 인간으로 변환되지 않을 듯한 족속들은 얼마나 많은지.

95

젊은이의 말이라고 다 큰소리가 아니듯이 노인의 말이라고 다 잔소리가 아니지요.

96

젊어서는 밥값 하기 힘들었고, 장가들어서는 나잇값 하기 힘들었고, 소설가로 데뷔한 다음에는 이름값 하기가 제일 힘들었다. 하지만 얼굴값은 안 하고 살아도 되니 천만다행 아닌가.

97

왜 모든 현자들이 그토록 사랑을 중시하는 것일까요. 지상에서 그대를 가장 가치 있게 만드는 것도 사랑뿐이요 천국에서 그대를 가장 가치 있게 만드는 것도 사랑뿐이기 때문입니다.

98

사랑에 의해서 가해지는 매질은 때리는 사람 쪽이 훨씬 더 아프다.

어떤 분과의 직접 인터뷰에서 나는 분명히 화천을 선계제일문(仙界第一門)으로 표현했는데 이분이 잘못 알아들으시고 어떤 블로그에 천계제일문(天界第一門)이라고 게재한 글을 읽었다. 겨우 한 글자 차이지만 실제로는 문자 그대로 하늘과 땅 차이다.

아는 것은 결코 자랑이 아니며 모르는 것은 결코 수치가 아니다. 어차피 깨닫지 못했다면 궁둥이나 엉덩이나 부끄럽기는 마찬가지.

101

잠에는 두 가지가 있다. 하나는 휴식으로서의 잠이고 하나는 나태로서의 잠이다. 휴식으로서의 잠은 조금만 자도 심신을 가볍게 만들지만 나태로서의 잠은 아무리 자도 심신을 무겁게 만든다.

102

집개미들아, 음식을 나누어 먹으면서 같이 사는 건 상관이 없는데 꼭 나를 깨물면서 살아야 직성이 풀리는 거냐.

103

문지방 하나 넘으면 저승길도 보이는 나이. 생로병사 희로애락 하나도 골라 먹은 적이 없네. 인생길에 만나는 저 밥상은 쓰건 달건 산해진미.

대중가요의 가사에도 주술적인 힘이 간직되어 있다. 그대가 만약 사랑을 하고 있는 중이라면 이별에 관한 노래를 즐겨 부르지 말라. 이별에 관한 노래를 한 곡씩 부를 때마다 진짜 이별이 그대에게로 한 걸음씩 다가오고 있는지도 모른다.

인간은 정(精) 기(氣) 신(神) 삼합체(三合體)다. 정은 물질에 연유하고 기는 정신에 연유하며 신은 영혼에 연유한다. 그런데도 세상에는 오로지 물질에만 천착하는 단세포적 인간들이 산재해 있다. 그들은 하는 짓도 동물과 크게 다르지 않다.

갑자기 나무들이 걸어 다닐 수 있는 시대가 온다면 도대체 세상은 어떻게 달라질까요.

독한 소주라 하더라도 알콜이 25프로 정도 혼합되어 있는 물에 불과하다. 당신은 내가 날마다 소주에 쩔어 있다는 표현을 쓰지만, 사실 나는 순도 75프로의 물을 즐기면서 살아갈 뿐이다—라는 술꾼 친구의 주장.

칭찬은 고래도 춤추게 한다는 말이 유행했던 적이 있다. 하지만 절대로 춤추게 하고 싶지 않은 고래를 만날 때도 있다.

지구상에서 성장속도가 가장 빠른 생명체는 낚시꾼이 놓친 물고기다. 낚시꾼이 놓친 물고기는 남에게 이야기를 할 때마다 전장이 삼십 센티씩 성장하는 특질을 가지고 있다. 만약 노벨 문학상에 구라 분야가 신설된다면 낚시꾼들이 모조리 독식해 버릴 것이다.

110

동네 사람 다 모여 돼지국밥 끓여 먹는 데는 가마솥이 제격이고요, 우리 식구 식사 한 끼 때우는 데는 전기밥솥이 제격이지요. 그런데 요즘은 노천에 가마솥 걸 일이 별로 없으니 정겨움도 그만큼 줄었다는 뜻 아닐까요.

111

일요일. 활자들도 나를 힐끔힐끔 곁눈질하면서 친하태평 빈둥빈둥 놀고 있구나. 핸펀도 아가리에 재갈을 물렸는지 아침부터 지금까지 침묵 일변도. 하늘은 잔뜩 흐렸는데 비는 내리지 않고.

112

사람과 사람 사이에 가장 많은 오해와 갈등을 촉발시키는 환각제—사랑.

서랍 속에 들어 있는 초는 아직 완전무결한 초가 아니다. 초는 심지 끝에 불을 붙였을 때야 비로소 완전무결한 초가 된다.

사공이 현자에게 물었다. 사람들을 싣고 강을 건너야 하는데 노를 젓기가 싫습니다. 어찌 해야 합니까. 현자가 대답했다. 사람들을 등에 싣고 수영을 해서 건널 자신 있습니까. 사공이 대답했다. 없습니다. 현자가 결론을 내렸다. 그냥 살던 대로 사시오.

저절로 써지는 문학작품은 없다. 있다면 그것은 낙서이거나 요설이다.

3장
내가 흐르지 않으면 시간도 흐르지 않는다

쌀 앞에서 보리는 끝내 잡곡일 수밖에 없다. 하지만 어느 쪽이든지 허기진 자의 뒤주 속에 있을 때 진정한 가치가 있는 것이다.

세파에 시달리다 늘어난 주름살. 어떤 이가 보톡스 몇 방이면 펴진다고 가르쳐주네. 아주 잠깐 키득거리는 개들의 웃음소리. 내면이 허할수록 겉치장에 여념이 없는 법, 내 낯짝에 주름살은 괜찮으니 제발 구겨진 세상의 주름살이나 좀 펴졌으면 좋겠네.

서양 사람들이 잠이 안 올 때 양을 세는 이유는 영어의 sheep이 sleep이랑 발음이 비슷하기 때문이라고 한다. 그것이 사실이라면 한국 사람은 잠하고 비슷한 단어인 점을 세어야 하지 않을까. 점 하나 점 둘 점 셋……

잠시만의 머무름 속에도 아픔이 있고 잠시만의 떠나감 속에도 아픔이 있나니 세상에 존재하는 모든 것들 중에서 아픔이라는 이름 아닌 것이 어디 있으랴.

120

농사꾼은 좀처럼 부부싸움을 하지 않는다. 서로 같은 자리에서 동일한 목표를 바라보고 살기 때문이다.

121

지상에서 나름대로 열심히 살다가 하늘로 떠난 사람들은 밤이 되면 모두가 별이 되어 반짝입니다. 그런데 제 개인적인 생각으로는 절대로 별이 되어 반짝이지 못할 것 같은 사람들도 있습니다. 이럴 때는 우쒸, 하나님이 공평하다는 사실에 화가 나기도 합니다.

122

어떤 손님 하나가 식당 주인에게, 당신은 주인같이 안 생겼는데 왜 주인인 척하느냐고 시비조로 말했다. 그러자 식당 주인이 접시 20개를 한꺼번에 시멘트 바닥에 박살내 보이면서 말했다. 이래도 내가 주인이 아니란 말이오?

123

나는 때로 무생물이 아파하는 것까지 느껴진다. 이 정도면 또라이 중에서도 상등급인데 특히 내가 사랑하는 사람들이 아프면 다 나을 때까지 살아 있다는 기분이 들지 않는다. 차라리 내가 아픈 쪽이 훨씬 낫다는 생각을 한다. 그러니 제발 건강들 하시기를.

124

지갑이 빈곤해서 친구와 술 한 잔, 밥 한 끼를 같이 먹지 못하던 시대는 지났다. 그러면 무엇 때문에 친구와 술 한 잔, 밥 한 끼를 같이 먹지 못하느냐. 결론은 하나, 지갑은 두둑해졌는데 감성이 빈곤해졌기 때문이다.

125

감성마을 공사장에서 포크레인을 처음 본 꼬마, 아저씨 이 로봇도 변신하나요?

126

하나님, 왜 꿈이 소박한 사람들일수록 인생을 가혹하게 살도록 만드시나요.

127

하늘이 흐리다. 관절 속에서 지렁이 울음소리가 들린다. 신경통이 재발한다. 파전에 막걸리 생각이 간절하다―라고 적었다가 마지막 줄을 지울까 말까 망설이고 있다.

내가 국민학교를 다닐 때는 '황금을 보기를 돌같이 하라'로 시작되는 최영 장군 노래가 음악교과서에 수록되어 있었다. 그런데 경제개발에 박차를 가하던 시절 시대정서와 맞지 않는다는 이유로 돌연히 자취를 감추어버렸다. 역시 행간을 읽을 줄 모르는 처사.

대학을 졸업하고 십 년이 지난 다음 정신적, 경제적, 학술적으로 본전을 충분히 뽑았다고 생각하시는 분들은 과연 몇 퍼센트나 될까요.

직장은 없지만 직업은 있습니다. 자유롭게는 살지만 놀고먹지는 않습니다. 예술이 인생을 얼마나 멋지게 만들어주는가를 알 수 있도록 만들어드리겠습니다.

131

느티나무는 향기로운 열매나 아름다운 꽃을 보여주지는 못하지만 열 살만 넘어도 지나가는 행인들이 쉴 수 있도록 그늘을 만들어주거나 새들이 둥지를 틀 수 있도록 가지를 내어준다. 그런데 마흔이 넘도록 남에게 피해만 끼치는 인간들은 워따 쓸거나 잉.

132

라인선에 줄금이 겹쳤네—이 문장에는 같은 의미의 단어가 몇 개나 겹쳐 있을까요.

133

허세를 유일한 재산으로 알고 살아가는 사람들이 있다. 그들은 대개 자신들이 만능이라고 말한다. 모르는 것도 없고 못하는 것도 없다. 그러나 주위 사람들이 곤궁에 처하면 제기럴, 꼭 배탈이 나서 아무짝에도 쓸모없는 인간으로 전락해 버린다.

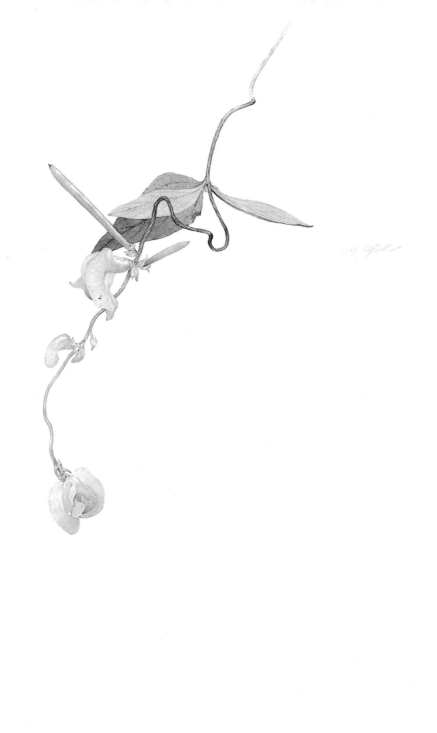

이 세상에는 완전한 적군도 존재하지 않고 완전한 아군도 존재하지 않는다. 엄밀히 따지면 내 바깥에 존재하는 모든 것들은 다른 내 모습에 불과하다.

우리나라에도 사랑하는 사람을 기다리다 바위로 굳어져버렸다는 전설을 가진 바위들이 있다. 겨울이다. 당신이 거리에서 추위에 떨며 애인을 기다릴 때, 아직 바위가 되지 않았다면, 화내지 말라. 바위가 될 때까지 기다리는 것이 사랑이니까.

나 어릴 적에는 어쩌다 껌 하나가 생기면 씹다가 벽에 붙여두었다 다시 씹기도 하고 때로는 온 식구가 돌아가면서 씹기도 했지. 어쩐지 그 시절의 껌 속에는 사랑이 함유되어 있었다는 생각이 들어. 대충 씹다 뱉어버리는 요즘 껌은 어림도 없지 싶어.

'괜찮다, 인간이 실수를 할 수도 있지, 다음부터는 절대로 이런 일이 없도록 하자.' 당신이 똑같은 잘못으로 이런 소리를 세 번 이상 들었다면 그 다음 잘못부터는 몇 대 처맞아도 할 말이 없어야 한다.

138

내 머릿속의 DEL키는 왜 지 맘대로 작동을 해서 수시로 내 뇌를 백지 상태로 만들어버리는 것이냐. 왜 내 머릿속에는 먼저 수행했던 파일을 되살리는 UNDO기능이 없는 것이냐. 이 빌어먹을 놈의 건망증.

139

문장을 몇 번씩이나 고쳐도 어색함을 면치 못할 때가 있다. 글밥 30년 에 풍월조차 마음대로 읊지 못하다니, 망할. 식당개 3년에 라면을 끓이 고 성당개 3년에 주기도문을 외운다는 말이 나를 부끄럽게 만든다.

140

그리움이 얼마나 간절하면 저토록 아름다운 빛깔로 불타겠느냐. 가을 단풍.

111

소리에도 그림자가 있다—메아리.

　설화적 표현으로 추정할 때 미친년보다는 미친놈이 훨씬 더 위험하다. 미친년은 머리에 꽃을 달지만 미친놈은 머리에 뿔이 돋는다. 머리에 꽃을 단다는 것은 누군가에게 사랑받고 싶다는 뜻이고 머리에 뿔이 돋는다는 것은 누군가를 들이받겠다는 뜻이다.

산은 한자리에 우뚝 솟아 침묵을 다스리고 있어야 산이라 할 수 있고 강은 울음으로 흐르고 흘러 바다에 이르러야 강이라 할 수 있거늘, 대저 지금 이 땅에 산은 얼마나 산으로 남아 있으며 강은 얼마나 강으로 남아 있느냐.

그대가 진정한 글쟁이라면 글 바깥에서 만나는 현실을 진정한 현실이 라고 생각지 말라. 진정한 현실은 언제나 글 속에만 존재한다. 글 바깥에 서 만나는 현실은 대부분 날조된 현실이며 허상에 불과하다.

　고수는 머릿속이 한 가지 생각으로 가득 차 있고 하수는 머릿속이 만 가지 생각으로 가득 차 있다.

젊은이, 내 책을 한 권도 읽지 않았다고 절대로 미안해 할 필요는 없어요. 하지만 아까부터 줄곧 나를 이회수 씨라고 부르는데, 제발 그것만은 삼가주세요.

성공을 위해서는, 기술을 배우는 것도 중요하지만 정신을 배우는 일이
훨씬 더 중요하다. 모든 성공의 배면에는 언제나 정신이라는 말뚝이 굳
건히 박혀 있다. 그러나 대부분의 사람들은 성공만을 간절히 원하지 그
말뚝에 대해서는 아예 관심조차 기울이지 않는다.

148

시궁창 물에도 하늘은 비친다. 물속에 들어 있는 혼탁한 물질들이 문제지 물 자체는 아무 문제가 없는 것이다.

149

마누라가 가끔 용돈을 주기는 하는데 너무 산골이라 쓸 일이 없다. 돈 달라고 손 내미는 나무도 없고 돈 달라고 손 내미는 짐승도 없다. 한 달이 지났건만 받을 때 액수 그대로 고스란히 지갑 속에 남아 있다. 살다 보니 돈이 불쌍해 보일 때도 있구나.

150

의복이 날개라는 속담이 있다. 하지만 예비군복은 날개에서 제외해야
겠지?

151

음치는 노래를 부를 때마다 새로운 곡을 창작해 내는 재능의 소유자
다. 일반 사람들은 주구장창 남이 만든 노래만 불러댄다. 그러나 음치는
어떤 노래든지 불렀다 하면 자작곡이다. 얼마나 멋진가. 표절이 판을 치
는 세상, 음치들이여, 자부심을 가져라.

152

도시는 생존의 공동묘지. 가을의 양은색 햇빛 속에, 죽은 문학과 죽은 음악의 시체들이 널부러져 있다. 젊은이들은 영혼을 저당잡힌 채 어깨를 축 늘어뜨린 모습으로 먹이를 찾아 빌딩 사이를 어슬렁거리고 있다. 진정으로 살아 있는 것은 아무것도 없다.

153

학연도 하나 없고 지연도 하나 없이 가기도 잘도 간다 저문 인생길.

154

가축도 양순한 놈은 머리라도 한 번 더 쓰다듬어주고 싶어집니다. 하지만 포악한 놈은 볼 때마다 한 대 걷어차주고 싶은 충동이 일어납니다. 그런데 하나님, 세상에는 한 대 걷어차주고 싶은 놈들이 더 잘사는 경우가 많습니다. 작전 좀 바꾸시면 안 될까요.

외롭고 긴 시간의 터널을 지나면서, 낙태를 하듯이 모진 마음으로 그대 이름 지우고, 허기진 영혼으로 나는 울었네. 여름이 문을 닫고 있었네.

아이야, 한번 목숨을 걸고 문학의 바다로 출항했으면 아무리 모진 광풍이 휘몰아쳐도 세속은 되돌아보지 말아야 하느니라.

담배 끊은 지 2년이 넘었는데 나를 만나면 담배를 좀 줄이라고 충언해주는 친지들이 많다. 내가 골초였던 기억을 미처 수정하지 못한 분들이다. 끊었습니다, 라고 말해도 믿지 않는다. 그들은 실재하는 이외수보다 자기가 만든 이외수를 더 신뢰한다.

158

산책길에, 핏빛보다 더 새빨간 단풍을 바라보면서 어쩜, 이라는 감탄사를 누가 처음 사용했을까를 생각해 보았다. 어쩜, 그 다음에 무슨 말이 필요하단 말인가.

159

어머니, 라고 불러도 전혀 가슴에 동요가 일지 않는다. 내가 너무 어릴 때 돌아가셔서 아무 기억도 남아 있지 않기 때문이다. 그런데 남의 어머니를 보면 가슴이 뭉클해진다. 깊은 주름살도 가슴을 미어지게 만든다.

물은 지구에서 가장 인간의 마음을 잘 반영하는 물질이라고 합니다. 그래서 옛부터 마음공부를 하시는 분들이 차를 즐겨 마셨지요. 물론 커피는 여기서 제외합니다. 기분이 개떡 같은 사람이 달인 차를 마셔보신 적이 있나요. 구정물 맛이 납니다.

너덧 살짜리 아이들의 그림 속에는, 고흐도 피카소도 클림트도 쪽팔려서 고개를 들지 못할 정도로 놀라운 표현력과 아름다움과 순수성이 간직되어 있다. 그런데 그 아이들이 왜 학교만 들어가면 한결같이 조악하고 천박한 그림들을 그리게 되는 것일까.

예술과 사랑은 길수록 좋고 예식과 축사는 짧을수록 좋다.

163

촌에 산다고 촌놈이라고 불러도 무방하다면 개포동에 산다고 개놈이라고 불러도 무방한가요.

164

결혼은 사랑의 완성이 아니다. 결혼은 사랑의 완성을 위한 또 다른 시도에 불과하다.

수만 페이지의 책을 쓰더라도 꽃 한 송이가 주는 감동을 능가할 수가 없다는 생각을 할 때마다 전신의 세포가 오그라들어버린다. 자각하자. 인간은 미물이다. 골백번 죽었다 깨어나더라도 자연의 완전무결함을 능가하지 못한다.

나는 대한민국에 한없는 경배를 보낸다. 내가 소속된 지구와 태양계와 은하우주에도 한없는 경배를 보낸다. 그리고 무엇보다도 지금 한글로 쓰여진 이 글을 읽고 있는 당신께, 한없는 경배를 보낸다.

인간은 끊임없이 자연을 보살펴주는 척하지만 자연의 입장에서 보면 오히려 가만히 내버려두는 것이 보살펴주는 것보다 훨씬 나을지도 모른다.

진정한 새는 날개 없이 날아다니는 풍선 따위에 결코 열등감을 느끼지 않는다.

내가 어렸을 때는 '쌀밥에 고기반찬'이 최고의 식단을 지칭하는 말이
었다. 이때의 대표적인 고기반찬은 고등어였다. 그것도 아버지만 먹을
수 있는 반찬이었다. 그래서 요즘도 밥상에 고등어가 오르면 나는 어린
애가 되어 황송한 마음으로 젓가락질을 하게 된다.

첫사랑 떠난 날처럼 눈 시린 하늘 언저리, 사태 지는 단풍에 가슴만 설
레는데.

171

눈보라 속에서도 티 하나 없이 맑은 표정으로 벙그는 꽃이 있다. 사랑은 그런 것이다.

물 하나로 안개와 성에, 눈과 비, 얼음과 구름, 눈물과 오줌, 옹달샘과 실개천, 강과 호수, 폭포와 바다를 만들어내시는 하나님. 덕분에 끊임없이 시들이 생겨나고, 사람들이 메마른 가슴을 끊임없이 적실 수 있게 되었습니다. 진심으로 감사를 드립니다.

4장

시계가 깨진다고 시간까지 깨지는 것은 아니다

펑계라는 놈에게 자주 말할 기회를 주면 그만큼 반성이라는 놈이 자주 말할 기회를 잃는다.

엘리베이터를 타고 고층 빌딩을 오르내리면서 흡혈의 본성을 충족시키는 겨울 모기의 저 끈질긴 생명력, 한 입이라도 더 핥아 먹겠다고 호시탐탐 음식물 주위를 맴돌다가 마침내 파리채에 장렬하게 맞아 죽는 여름 파리의 저 무모한 식탐근성. 잘났어 정말.

이것 봐, 방금 니가 씨팔이라고 말하는 순간, 별 하나가 깨져서 땅바닥으로 곤두박질쳤다니까.

남들이 다 하는 것을 자기가 못하면 바보가 되는 줄 알지만 남들이 다 하는 것을 자기가 따라 하기 때문에 오히려 바보가 되는 것이다. 남들이 다 하는 것을 자기도 따라 한다는 것은 보편화된다는 뜻이며 뒷북을 친다는 뜻이니 절대로 폼나 보일 까닭이 없다.

양심, 개념, 교양, 예의를 고품격 인간의 필수지참 4종 세트라고 한다. 세간에서는 이것을 갖추고 있지 않은 인간을 4가지 없는 인간, 또는 싸가지 없는 인간이라고 표현하기도 한다.

가을빛 짙어지니 불현듯 생각나는 이름들. 엽서라도 한 장 보내고 싶은데 모두들 주소를 모르겠네. 부디 잘들 사시게. 우리는 오래도록 목구멍이 포도청이라는 핑계로 서로를 유기한 공범.

179

종이책과 이북이 별 차이가 없다고 주장하는 사람들이 있다. 실리적인 면에서는 이북이 단연 앞선다는 주장도 있다. 소설 전문을 자신의 하드에 내장하고 있는 것과 소설책을 자신의 서가에 소장하고 있는 것이 서로 가치비교가 된다고 생각하다니, 놀랍다.

180

예술을 모르는 것은 죄가 되지 않는다. 그러나 예술을 모르면서 예술을 모독하는 것은 죄가 된다.

세상은 갈수록 내게서 멀어지고 그토록 견고하던 사랑도 이제는 낡은 담벼락처럼 위태롭게 기울고 있네. 돌아보면 한평생이 그저 부질없는 꿈결 같아라.

사람들은 왜 제가 젊었을 때 직장을 가져본 적이 없을 거라고 생각할까요. 제게 별로 관심이 없거나 제 산문집들을 읽지 않았기 때문이겠지요. 차트사. 지방신문사 기자. 학원강사. 필경사. 미술연구소 운영. 초등학교 전달부. 연탄배달부—아직도 많습니다.

아무리 막돼먹은 잡놈이라도, 저 청명한 가을 하늘을 건너갈 때는 차마 신발을 신고 건너가지는 못하겠지.

사대육신이 멀쩡한 사람이, 징검다리 없는 개울을 건너면서, 발끝에
물 한 방울 적시지 않을 생각이라면, 결국 남의 등에 업혀가겠다는 속셈
인데, 현실적으로 이런 사람들이 점차로 늘어나고 있는 추세다. 죽으면
아마도 기생충으로 다시 태어나지 않을까.

30년 이상을 글밥만 먹고 살았는데도 국수틀에서 국수 가닥 뽑아내듯
이 글을 뽑아낼 수는 없습니다. 140자밖에 안 되는 단문을 올리는 데도
장인정신이 필요합니다.

문하생들을 가르치다 보면 어느 수준에 이르러 미친년 방언 터지듯 시를 줄줄줄 써젖히는 넘이 있는가 하면 양아치 술주정하듯 욕지거리만 질질질 뱉어내는 넘도 있다. 어쩌냐, 그래도 내 새낀 걸. 방언이건 욕지거리건 문학이 될 때까지 가르쳐야지.

예술이 밥 먹여주느냐는 헛소리로 예술을 지망하는 청소년들을 겁주지 말라. 전 세계를 통틀어 밥을 먹기 위해 예술을 선택하는 멍청이는 아무도 없을 터이니.

걸음마다 각혈하는 가을, 이제는 그대를 지울 때가 되었네.

189

　조금 전 집필실에서 휴식을 취하고 있는데 관광객 하나가 불쑥 창문으로 머리를 디밀었다. 나는 불현듯 두더지 게임을 하고 싶은 충동에 사로잡혔다.

190

　다섯 살 먹은 옆집 꼬마가 장래 직업을 아파트 경비원으로 선택한 이유—날마다 짜장면을 먹을 수 있기 때문에.

낱말도 씨앗이다. 하지만 씨앗을 심는다고 다 싹이 트는 것은 아니다. 싹이 튼다고 하더라도 다 꽃이 피는 것은 아니다. 꽃이 핀다고 하더라도 다 열매를 맺는 것도 아니다. 심었는가. 이제 살과 뼈로 거름을 삼고 피와 눈물로 뿌리를 적실 각오를 하라.

　월화수목 요일은 지구가 빨리 자전하고 금토일 요일은 지구가 느리게 자전토록 만드는 방법을 알고 계시는 분 연락 주십시오. 교주로 모시겠습니다.

193

시력이 현격하게 떨어졌다. 내 눈으로 보기에는 만물이 다 흐리멍텅하다. 추한 것도 따로 없고 예쁜 것도 따로 없는 세상. 이제부터는 마음의 눈으로 만물을 바라보라는 뜻이겠지.

194

오늘은 분명 어제와 다른 날이다. 그런데도 어제와 같은 일을 하고 살아야 한다는 비극이여. 캑.

무박삼일을 독약 같은 술을 마시고 무박삼일을 각혈 같은 욕설로 세상을 증오했다. 결국 내 속만 우라지게 쓰릴 뿐, 세상은 하나도 달라진 게 없었다.

우리 사는 세상 지루하지 말라고 하루에 한 번씩 아침이 오고 하루에 한 번씩 날이 저무네. 그런데도 나는 하루에 한 편씩 시를 쓰지는 못했네.

197

냉각된 사이다같이 시리고 청량한 감성마을 아침공기. 숨을 들이쉴 때마다 허파가 투명해지는 느낌입니다.

198

국민을 궁민으로 만드는 정치.

꿀을 먹어보지 못한 사람도, 꿀맛이 달다고만 말할 수 있으면, 꿀맛을 아는 것으로 간주됩니다. 물론 꿀을 먹어보지 못한 사람에게는 꿀맛을 아무리 설명해 주어도 소용이 없습니다. 그래서 꿀을 먹어본 사람들은 모두가 '꿀 먹은 벙어리'로 살아갑니다.

지난밤에는 바람이 심해서 감성마을 마당에 별들이 수북이 떨어져 있었다. 예쁜 놈들만 골라서 문하생들 목걸이를 만들어주고 나머지는 술을 담가두었다. 마시면 만물이 모두 시가 되는 술.

아이야, 먹을 갈아라. 온 세상에 어둠이 오더라도 두려워 말라. 억겁 고요의 바다, 저 깊은 벼루 속 해맑은 보름달, 붓질 한 번으로 한 호흡에 건져 올려, 일천 강을 환하게 비추리라.

대부분의 인간들이 상식으로는 납득하기 어려운 맹점들을 가지고 있다. 가령 내가 아는 조폭 오야붕 하나는 회칼이나 쇠파이프 앞에서는 눈썹도 까딱하지 않는다. 그러나 자기가 맞아야 할 주사기나 침 앞에서는 어김없이 얼굴이 핼쑥해진다.

바지 지퍼가 열린 채로 하루 종일 사람들 많은 번화가를 활개치면서 돌아다녔다는 사실을 집에 돌아와서야 알게 되었을 때, 어떤 방법으로도 수습할 길이 없다는 사실이 나를 한없는 쪽팔림으로 몸부림치게 만들지 말입니다.

달밤에 홀로 숲 속을 거닐면 여기저기 흩어져 빛나고 있는 달의 파편들. 몇 조각만 주워다 불면에 시달리는 그대 방 창틀에 매달아주고 싶었네.

Requiem 2010

어떤 약속 하나가 일그러지면 그날의 모든 시간이 일그러진다. 그래서 나는 가급적이면 약속을 하지 않는다. 하지만 일단 약속한 일은 무슨 일이 있더라도 지켜야 직성이 풀린다. 단 손만 잡고 자겠다는 약속은 무조건 무효.

민첩성은 안 가지고 다닙니다. 그 대신 인내심은 가지고 다니지요— 달팽이.

웃으면 복이 온다는 옛말이 있습니다. 언제나 얼굴을 찌푸리고 다니는 아이에게 그 말을 해주었습니다. 그러자 아이가 말했습니다. 복이 오면 그때는 웃을게요.

나이 서른이 넘었는데 외울 수 있는 시가 한 편도 없다면 그의 영혼은 얼마나 삭막할까.

어느 선사가 말했다. 장대 끝에서 한 걸음 더 나아가라. 가령 마음에 드는 한 줄의 글을 건졌다고 치자, 그래도 절대로 만족하지 말라. 이것보다 더 나은 표현이 없을까를 충분히 숙고해 보라. 그것이 바로 장인정신이다.

기적은 하나님이 내려주시는 것이 아니라 그대 자신이 만들어내는 것이다.

211

아내와 춘천 나가서 부식이며 옷가지들을 사가지고 왔습니다. 한 달에 한 번씩 장을 봅니다. 약 두 시간 동안 카트를 끌고 마트를 돌아다녀야 합니다. 그런데 다리가 아파서 잠시 쉬고 싶어도 의자 하나 없습니다. 오로지 장만 보고 가라는 뜻이지요.

212

등잔밑이 어둡다고 탓하지 마세요. 이 세상 어디에 제 모습 비추기 위해 켜져 있는 등불이 있던가요.

213

하늘은 높아지고 말은 살찌는데 지갑은 홀쭉해지는 가을. 백수들은 더욱 외로움을 타는 계절입니다. 돈 생기면 자기가 알고 있는 백수에게 밥 한 끼나 술 한 잔을 쏘는 미풍양속을 만들어갑시다.

어떤 성현에게 천금 같은 명언을 들었어도 머릿속에만 기억해 두고 실천하지 않는다면 개 짖는 소리를 들었을 때와 무엇이 다르랴.

세상 이치를 손바닥 안에 놓고 꿰뚫어보지는 못하지만 하늘을 가로지르는 기러기 울음소리만 듣고도 가을이 떠나는 줄을 알겠네.

성공은 사력을 다해 붙잡으러 다니는 사람에게는 모습을 보여주어도 가만히 앉아서 기다리는 사람에게는 모습을 보여주지 않는다.

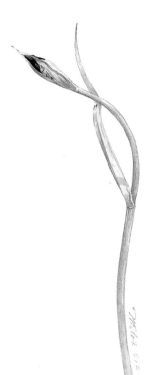

젊었을 때 돈을 못 버는 것에 대해 부끄러움을 느낀 적은 없었다. 다만 돈을 못 버는 것을 가족을 사랑하지 않는 것으로 간주하는 주위 시선들이 나를 죽고 싶을 정도로 억울하게 만들었다. 그런데 몇십 년이 지난 지금, 세상 잣대는 왜 그대로인가.

어렸을 때는 어디 붙어 있는지도 모르는 제과회사보다 우리 동네 골목 어귀에 자리잡고 있는 구멍가게가 훨씬 거룩해 보였다.

219

못 배운 사람의 무지보다 더 무서운 것이 배운 사람의 억지라는 사실을 비로소 깨달았습니다.

220

알밤을 먹으려면 먼저 밤송이부터 제거하라. 그러는 동안에 가시에 한두 번 손가락을 찔리는 것 정도는 당연지사로 받아들이라. 남의 살을 먹으려면 내 살도 조금은 내어주어야 마땅치 않겠는가.

221

연인과 헤어진 분 있으신가요. 새벽 2시에 '내가 잘못했어, 한 번만 용서해 줘'라고 치신 다음 하트 하나를 덧붙여 문자를 보내보세요. 예기치 못했던 일이 일어날지도 모릅니다.

정상에 오른 자들을 시기하지 말라. 그들이 목숨을 걸고 산비탈을 오를 때 그대는 혹시 평지에서 팔베개를 하고 다디단 잠에 빠져 있지는 않았는가. 때로는 나태를 부끄러워하지 않는 것도 죄악이라는 사실을 명심하라.

나태라는 놈이 나이를 먹으면 무능력, 무일푼, 무개념으로 삼단변신이 가능해진다.

내 마음이 청명하면 온 우주도 청명하다.

2009 무심천

이제 내가 가진 것들은 다 주었다. 내년 봄, 다시 아름답게 꽃피는 날들을 위해 지금은 헐벗은 모습으로 살아야 한다—나무들 입을 다물고 앙상한 가지로 초겨울 하늘을 건너가고 있지만, 무슨 말을 하고 싶은지 시인들은 잘 알고 있습니다.

파라핀 덩어리에 심지를 박는다고 양초가 완성되는 것은 아니다. 심지에 불을 붙여서 주위를 환하게 밝혔을 때, 비로소 양초는 완성된다.

햇빛 좋은 가을날, 몽요담에 흥건하게 고여 있는 주황색 물감. 내가 산책하는 사이, 앞산 단풍나무들 설레는 마음으로 목욕하고 떠났구나.

세상의 모든 사물들이 소리를 간직하고 있다. 하지만 혼자서는 절대로 그 소리를 밖으로 표출할 수 없다. 하다못해 실낱같은 소리라도 밖으로 표출하려면 실낱같은 바람 한 가닥이라도 만나야 한다. 이럴 때 만남이란 얼마나 의미 깊고 소중한 것이냐.

229

창문을 열었더니 느닷없이 미간을 스치는 겨울예감, 예감은 언제나 계절을 앞지른다.

230

기다림이 지나치게 길어지면 그리움이 증오심으로 변모한다.

231

    수많은 생명들에게 자신의 살과 뼈를 내어주고 지금은 가장 낮은 자리에 엎드려 하찮은 것들의 목숨까지도 거두어주는 땅—평지가 바로 명당이다.

232

    가을밤, 차마저도 내 곁에 없었다면 시린 달빛에 그대를 잊어야 하는 마음 얼마나 참혹했을까.

233

시간은 한정없이 당신에게 지급되지만 당신이 그것을 어떤 방식으로 소모하든 당신의 목숨도 똑같은 분량으로 소모되고 있다는 사실을 자각한다면 마냥 헛되이 쓰지는 못할 것이다.

234

세상 돌아가는 판세가 내 소설보다 몇 배나 기상천외하구나.

235

콜라 색깔하고 간장 색깔이 같으니 맛 또한 크게 다르지 않을 거라고 단정하는 선무당들이 판을 치는 세상입니다. 심지어는 거액의 수업료까지 받고 학생들을 가르치기도 합니다. 정작 콜라와 간장을 먹어본 사람은 발붙일 자리조차 없습니다.

236

때로는 밥 한 끼가 죽어가는 사람의 목숨을 구하기도 하고, 때로는 글 한 줄이 죽어가는 사람의 영혼을 구하기도 한다.

237

막혀봐야만 비로소 존재의 소중함을 알게 됩니다―수세식변기.

대학 근처에도 못 가본 처지기는 하지만 자기 혼자 배부르기 위해서 농사짓는 농사꾼은 아무도 없습니다. 하지만 자타가 공인하는 명문대학 나와서 자기 배만 채우려고 온갖 부정부패 일삼는 탐관오리들은 많습니다. 정말 웃기는 세상 아닙니까.

잠들었다가 벽 속을 지나가는 바람소리에도 소스라쳐 고개를 쳐드는 기다림. 이럴 때는 당신을 개시키라고 욕해도 용서해 주어야 한다.

사춘기보다 더 멋진 연령대가 회춘기여.

요즘 아이들은 왜 종이가 흔해빠졌는데 딱지를 접어 치지 않는 것일까. 필요하면 무엇이든지 돈을 주고 사버리기 때문에 대부분 창의력이 없는 아이들로 자라게 된다. 부모들은 아이들이 다친다고 가위질조차 못하게 한다. 이미 오려져 있는 종이를 문방구에서 사게 만든다. 수많은 부모들이 사랑을 빙자해서 자녀들의 다양한 잠재력을 무자비하게 말살시키고 있는 것이다.

가을 찻잔에 달빛 한 조각을 녹여서 마셨습니다. 당신이 곁에 있었으면 좋았을 거라는 생각을 했습니다.

243

누가 비질해서 걸어두었나, 가을 다목리 멀어지는 하늘에 새털구름 한 자락.

244

사람들은 대개 프라이팬 위의 파전이나 빈대떡은 곧잘 뒤집으면서 자신의 생각이나 신념은 좀처럼 뒤집으려들지 않는 성향을 가지고 있다. 그런 사람들의 인생은 한쪽 면이 타버렸거나 한쪽 면이 익지 않아서 맛대가리가 없다.

흐린 날은 흐려서 그대가 보고 싶고 맑은 날은 맑아서 그대가 보고 싶으니, 세상의 모든 시들이 그래서 태어나는 것이다.

만나고 헤어지는 일이 어디 내 뜻대로 되던가. 갈수록 멀어지는 이를 굳이 붙잡지도 않고 갈수록 가까워지는 이를 굳이 막지도 않겠네. 인간사 모두 인연에 맡기고 살면 속 썩을 일 하나도 없는 것을.

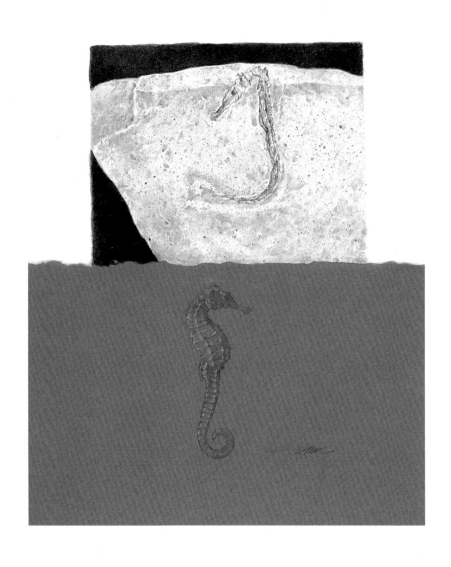

재수없는 포수는 곰을 잡아도 웅담이 없다는 우리 속담이 있다. 재수없으면 뒤로 자빠져도 코가 깨진다는 속담도 있고 역시 재수없으면 접시물에 빠져 죽는다는 속담도 있다. 하지만 나는 걱정하지 않는다. 어차피 내 인생을 평생삼재로 알고 살아왔으니까.

별고 없으신지요. 저는 지금 백색 풍경 속에 갇혀 있습니다. 당신이 그립습니다.

아프지 않아도 사랑이 아니며 슬프지 않아도 사랑이 아니다. 사랑이 황홀하다거나 달콤하다고는 생각지 말라. 그것은 사랑이 시작될 무렵 아주 잠깐 동안 콩깍지와 함께 머무르는 환상에 불과하다.

대한민국에서 정치적 성향을 바탕으로 자신이 애국애족의 선봉에 서 있다고 생각하는 사람들에게는 딱 두 가지의 인간유형이 존재할 뿐이다. 하나는 좌파고 하나는 우파다. 나머지는 회색분자, 또는 인간 축에도 들지 못하는 존재들로 분류된다. 얼마나 가소로운가.

제 측근들 중에는 우울증 환자가 너무 많지 말입니다. 그런데 그분들은 제가 잘해준 것은 모두 망각해 버리고 제가 못해준 것만 기억하는 특질을 가지고 있지 말입니다. 그래서 그분들을 만나면 저까지 급우울증에 빠져버리지 말입니다.

없으면 창조하라. 운명도 자신이 만들고 인연도 자신이 만드는 것이다.

먹은 검다. 하지만 검은 먹에도 맑음과 탁함이 있으니 육안으로 구분되는 경계를 넘어서야 비로소 식별이 가능하다. 그래서 먹은 곧 수행이다.

예술가의 신들림─예술가가 신을 필요로 해서 생기는 현상이 아니라 신이 예술가를 필요로 해서 생기는 현상이다.

255

끽다거(喫茶去)라는 법문이 있습니다. 차나 한잔 하고 가게라는 뜻입니다. 사람들이 조주 스님께 도를 물으면, 조주 스님이 언제나 차나 한잔 하고 가게, 라고 대답한 데서 유래된 법문입니다. 무슨 뜻일까요. 퍽, 그 빌어먹을 놈의 생각부터 끊으셔야 합니다.

256

예술가들의 기본덕목—자기도취 또는 자뻑.

현재 추진하고 있는 일이 잘 안 풀리시나요. 비법 하나 가르쳐드릴까요. 그럴 때는 무조건 자선을 베푸십시오. 그러면 안 풀리던 일이 저절로 잘 풀리게 되어 있습니다. 의도적이라 해도 상관이 없습니다. 이 비법으로 어려움에서 풀려난 사람 많습니다.

심장이 소금에 저린 듯이 아리다, 저물어가는 시간.

259

어쩌자고 가을비에 천둥번개까지 치시나요. 그러지 않아도 세상은 을씨년스러운데 이번 비를 마지막으로 수은주의 눈금은 급격히 떨어지고 날씨는 갑자기 냉랭해지겠지요. 문득 은장도같이 싸늘한 전율로 등골을 파고드는 겨울예감.

260

아파트의 벽 두께는 20센티. 그러니까 옆집과의 물리적 거리는 20센티밖에 안 된다. 하지만 마음의 거리는 2만 리 정도. 도시에서는 모두가 타인이다. 전철에서 무려 30분씩이나 어깨를 맞대고 출퇴근을 해도 말 한마디 나누지 않는다. 좀비들 같다.

5장

겨우 여덟 음절의 말만으로도 온 세상을 눈부시게 만들 수 있습니다

어떤 마을에 날도래가 출몰해서 극성을 부렸다. 마을 전체가 날도래 천지였다. 그런데 어느 날부터인가 출몰하는 즉시 말끔히 자취를 감추는 기현상이 발생했다. 기자가 물었다. 박멸하는 비결이라도 있나요. 동네 어른 하나가 대답했다. 정력에 좋대여.

쓰레기 같은 인간도 자신이 쓰레기 같은 인간이라는 사실을 자각하면 쓰레기 같지 않은 인간으로 격상된다. 그러나 대부분의 쓰레기 같은 인간은 자신이 쓰레기 같다는 사실을 절대로 인정하지 않기 때문에 평생을 쓰레기 같은 인간으로 살 수밖에 없는 것이다.

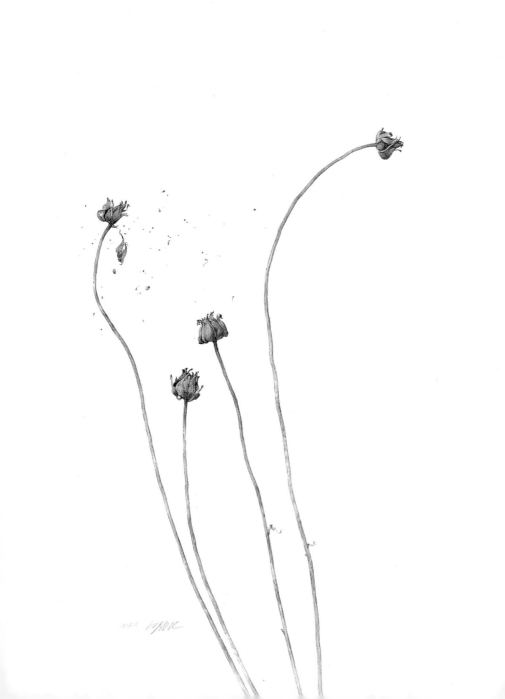

날씨가 흐린 날은 흐리다고 술을 마시고 날씨가 맑은 날은 맑다고 술을 마셨다. 결국 남은 건 객기와 수전증과 알콜중독. 객기와 수전증은 술을 끊자 저절로 물러갔다. 그러나 알콜중독은 후덜덜 삼십 년이 지났는데도 술만 마시면 다시 재발된다.

왜 밤에 쓴 연애편지는 대부분 아침이 되면 보낼 수가 없다는 판단을 내리게 될까요.

가을이 종식되었다고 그리움까지 종식된 것은 아니로군요.

감성이 떨어지는 사람은 센스도 떨어진다. 밥 한 끼를 사더라도 배고 플 때 사야 눈물겹고 술 한 잔을 사더라도 외로울 때 사야 눈물겹지 않겠는가. 명함 한 장을 건네더라도 적재적소에서 건네는 센스가 인생의 성패를 좌우한다.

내가 국민학교를 다니던 시절 일학년 국어책에 달, 달. 무슨 달. 쟁반같이 둥근 달. 이라는 대목이 있었다. 나중에 없어졌는데 달은 구체니까 공처럼 둥글다고 해야지 쟁반같이 둥글다고 하면 과학적이지 못하다는 이유에서였다. 거참, 꼭 과학적이어야 했을까.

이런 날, 눈 많이 내렸다, 못 견디게 네가 보고 싶었다, 라고 엽서를 보내고 싶은 사람이 있으신가요. 당신을 버리고 떠난 사람이라면 굳이 엽서를 보낼 필요는 없겠지요. 그럴 때, 사랑은 주는 것도 아니고 받는 것도 아닙니다. 다만 간직하는 것이지요.

소통을 위한 우리들의 공통분모―점심.

아침은 굶고 점심은 거르고 저녁은 생략하던 젊은 시절. 날마다 서점에 가서 죽어라 하고 책만 읽었더니 처음에는 눈총을 주던 종업원이 나중에는 간이의자 하나를 갖다 주면서 저쪽 구석배기에 가서 읽으라고 하더라. 덕분에 작가가 되었으니 얼마나 고마운가.

당신이 만약 작가라면, 작품과의 싸움이 더 힘들까요 현실과의 싸움이 더 힘들까요.

272

하찮은 것들을 소중하게 여기지 못하면 작은 일에도 행복을 느끼는 성품을 가질 수가 없다. 작은 일에도 행복을 느끼는 성품을 가질 수 없다면 그는 한낱 걸어 다니는 욕망 덩어리에 불과하다.

273

보기만 해도 온 세상이 환해지는, 꽃이라는 이름의 목숨 한 송이.

274

하나님, 저에게 일용할 양식을 달라고 기도했는데 일용할 고독을 주셨네요. 태어날 때 가지고 온 것도 아직 많이 남았는데.

275

예술에 평생을 걸었다고 말하는 사람들 중에서도 어떤 이는 얕은 기술의 범주에 머물러 있고 어떤 이는 깊은 예술의 경지에 도달해 있다. 무엇에서 이런 차이가 나는 것일까. 사람이 예술을 도구로 쓰는 쪽과 예술이 사람을 도구로 쓰는 쪽의 차이다.

276

자신의 그릇은 간장종지밖에 안 되면서 상대편의 사랑은 태평양이기를 바라는 분들이 있습니다. 그런데 아무리 사랑을 쏟아부어도 아무 소용이 없습니다. 간장종지가 다 차버린 줄도 모르고 더 주기만을 바랍니다. 하지만 무모한 사랑도 사랑이기는 하지요.

일점도사라는 별호를 가진 분이 있었다. 그는 화선지에 점 하나를 찍어 설법을 대신했다. 어느 날 그가 출타했다 돌아와 보니 동자가 자신의 흉내를 내어 화선지에 점 하나를 찍고 있었다. 일점도사가 말했다. 이놈아, 가져본 적도 없는 놈이 무얼 버리냐.

아이야, 물을 끓여라 차를 달이자. 적요한 겨울 새벽, 주전자 속에서 물 끓는 소리. 망토를 펄럭이면서 마차를 타고 달려오는 눈보라 군단.

　밤새도록 바람이 통곡하는 소리를 들었다. 아침에 일어나니 마당 가운데 겨울의 거대한 시체가 나자빠져 있었다. 그대에게 조전을 보내고 싶었다. 오래도록 폐렴을 앓던 겨울이 어제 새벽녘을 기해 끝내 사망하고 말았습니다. 당신을 기다리겠습니다.

280

자식이 사탕을 달라고 보챌 때마다 아무 망설임도 없이 사탕을 주는 부모는 결국 잘못된 사랑 때문에 자식의 썩은 이와 썩은 인생을 보면서 통탄하는 날이 있을 것이다.

281

하늘 아래 타인은 아무도 없다. 알고 보면 모두 동일한 인연의 거미줄에 연결되어 있는 존재들이다. 다만 그 사실을 인지하고 살아가는 이들이 드물 뿐이다.

감나무 꼭대기에 딱 한 개 남아 있는 홍시. 대낮에도 알전구처럼 예쁘게 켜져 빛나고 있지요. 까치가 배고플 때 먹으라고 남겨놓은 홍시라 까치밥이라고 하지요. 까치의 끼니까지도 걱정해 주었던 우리네 인심. 이제 도시에서는 찾아보기 힘듭니다.

그대가 받은 꽃다발, 무심코 보면 화려하지만 사실은 꽃들의 토막시체나 다름이 없습니다.

284

남을 위해 살아가는 일이 곧 당신을 위해 살아가는 일이다. 숙고해 보면 당신이 이 세상에 존재하는 이유가 거기에 있다. 겨우 자신의 밥그릇 하나를 부지하기 위해 온갖 발버둥을 치면서 한평생을 살아야 한다면 인생이란 얼마나 불쌍하고 무가치한 것인가.

285

남을 비방하기 좋아하는 족속들은 대개 자신이 완벽하다는 착각 속에 빠져서 산다. 자신의 결함이 드러나면 어떤 구실을 붙여서라도 합리화시킨다. 까짓거, 인정해 주자. 그는 나름대로 우주의 중심일 테니까.

286

일을 대충 하고 넘어가는 사람들이 있다. 자칫 성격이 쿨해 보일 수도 있다. 하지만 쿨은 무슨 뿔 달린 개 민트껌 씹는 소리냐. 결국 마무리나 뒷처리는 남들이 다 해주어야 하는데 그는 민트껌 때문에 초지일관 남의 고충 따위는 헤아리지 않는 것이다.

287

매미가 날개를 가지기 위해 칠 년 동안을 땅 속에서 굼벵이로 살았다는 사실에는 경탄하면서 대부분 자신이 칠 년을 바쳐 날개를 가질 생각은 하지 않는다. 그래서 평생토록 땅바닥을 기어 다니는 애벌레 형국의 인생을 벗어날 수가 없는 것이다.

단지 그가 지금 돈을 못 번다는 이유 하나로 그의 미래까지 암담할 거라고 싸잡아 매도하지는 마십시오. 세상에는 분명히 인내라는 이름의 돗자리를 펼쳐놓고 가난과 열등이라는 떡밥으로 명성과 예술이라는 대어를 낚아 올리는 분들도 계시니까요.

물고기는 눈을 뜨고 잠을 자는데 자면서 무얼 보겠다는 것일까.

길 가다 옷자락만 스쳐도 인연이라지요. 밤새우며 글자락을 스치면 얼마나 큰 인연일까요.

인류사 이래로 물에 빠져 죽은 사람보다는 술에 빠져 죽은 사람이 훨씬 많다고 한다. 그럴 것이다. 예나 지금이나 정상적인 인간이라면 세상을 맨정신으로 살아가기는 힘들었을 테니까.

온 우주를 통틀어 나와 무관한 것도 없고, 온 우주를 통틀어 당신과 무관한 것도 없다.

293

작별 끝에 날이 갈수록 아픔이 희미해지는 인간이 있는가 하면 날이 갈수록 아픔이 선명해지는 인간이 있다. 전자는 괴로운 기억을 많이 남긴 인간이고 후자는 즐거운 기억을 많이 남긴 인간이다. 하지만 전자든 후자든 작별할 때 아프기는 마찬가지.

294

걷는 사람도 넘어질 때가 있고 뛰는 사람도 넘어질 때가 있다. 걷다가 넘어졌든 뛰다가 넘어졌든 넘어졌다고 낙오자는 아니다. 낙오자는 넘어지는 걸 염려해서 한자리에 가만히 앉아 있는 사람이다.

그래도 물질적 풍요보다는 정신적 풍요를 중시하던 옛날에 마누라를
만났으니 망정이지 요즘 같았으면 장가도 못 들어보고 노숙자로 살았을
터인즉, 아들놈들아, 그러면 니들은 태어나지도 못했을 것이다. 그러니
거룩한 시대의 거룩한 결혼에 경배해라.

전봇대가 벗나무에게 물었다. 저도 형씨처럼 꽃이라는 걸 피우고 싶은
데 어떻게 해야 하나요.

297

　내 건강철학은 골골 팔십 년. 금방 쓰러질 듯 골골거리면서도 팔십 년
은 거뜬히 버틴다는 것이다. 바로 감정을 잘 다스리는 것이 비결이다.

하늘에 놀이 물들지 않았는데 바다에 놀이 물드는 법은 없다. 다만 당신이 알지 못할 뿐 하늘과 바다는 각기 따로인 듯하지만 서로 내통하고 있는 것이다.

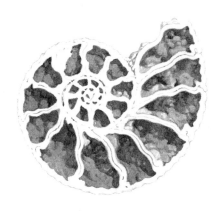

하나님. 날마다 이 시간까지 번민으로 잠들지 못하는 이들에게 오늘 하루만이라도 부디 축복을 한 아름씩 안겨주소서. 제가 겪어보아서 압니다만 번민은 그 어떤 경우에도 일용할 양식으로는 적당치 않습니다.

서산 너머로 해가 떨어지고 나면 산그림자 도둑처럼 성큼성큼 마을로 걸어오지. 멀리 강 건너 마을에 명멸하는 등불 몇 점, 된장찌개 끓이는 냄새 그릇들 달그락거리는 소리. 지금쯤 고향에 돌아가면 내 얼굴 알아보는 이 몇이나 될까.

이마를 적시는 바람, 면도날이다. 겨울이 멀지 않았구나.

사랑은 너를 위해 내가 기꺼이 십자가에 못 박히는 것이다.

조건으로 결혼하는 커플이 많아졌습니다. 머지않아 인스턴트 사랑을 판매하는 자판기가 거리에 등장할지도 모릅니다. 사랑 한 컵을 마시려면 얼마 정도의 동전이 필요할까요.

창문을 열고 차 한잔을 마시면서 바깥 풍경을 내다보고 있다. 첫눈이 내리고 있다. 기억될 만한 추억도 없고 간직할 만한 보람도 없는데 어느새 한 해가 기울어지고 있다. 겨울새 한 마리 오소소 깃털을 떨면서 다가와 찻잔에 발목을 적시고 있다.

아뿔싸, 잠깐 잠들었다 깨어보니 어느새 60년.

어떤 부분을 견주어보더라도 1류에게는 1류일 수밖에 없는 이유가 있고 3류에게는 3류일 수밖에 없는 이유가 있다. 그러나 무엇보다도 1류와 3류를 결정짓는 요소 중에서 가장 중요한 것은 바로 정신이다.

307

이 세상에 목숨으로 오기 위해서 얼마나 많은 시간을 기다려야 했던가. 그런데 고작 남의 피나 빨면서 살아가는 모기라니, 아무리 많이 죽여도 죄책감을 느낄 수가 없네. 짝!

어떤 젊은이 하나가 내게 물었다. 선생님, 인간에게 감성 따위가 왜 필요합니까. 내가 젊은이에게 반문했다. 하늘에 구름 따위가 왜 필요하냐고 물으면 뭐라고 대답해야 하나요.

차를 한 모금 들이켜고 나도 모르게 캬아 하는 탄성을 발했다. 그러자 차를 수발하던 문하생이 말했다. 선생님은 차를 참 얼큰하게 드시네요.

세상 그 어디에도 기쁨과 행복만을 가져다주는 사랑은 존재하지 않는다. 세상에 존재하는 모든 사랑은 언제나 그 크기와 깊이에 비례하는 고통을 수반하고 있다.

어리석은 자의 인생에는 반전이 있어도 게으른 자의 인생에는 반전이
없다.

이별 뒤에 듣는 음악은 아무리 유치해도 비수처럼 내 가슴을 에더라.
사랑이 끝난 다음에야 온 세상이 법문으로 가득 차 있는 줄 알겠더라.

　겨울 밤 그대 발자국소리, 창문을 열었습니다. 그대는 보이지 않고, 함박눈만 자욱한 이순의 뜨락. 아아, 못다 한 말들 못다 한 시간, 저기 함박눈 속을 걸어와 매몰되는 내 젊음.

진실로 사랑했으나 미처 고백하지 못한 낱말들은 모두 하늘로 가서 별빛으로 돋아나고, 역시 진실로 사랑했으나 이별 끝에 흘린 눈물들은 모두 들판으로 가서 풀꽃으로 피어난다. 우리 사는 세상, 아름다운 것들은 모두 피맺힌 슬픔 한 모금씩을 간직하고 있다.

왜 사느냐는 질문에 당면하면 대개 마땅한 대답을 하지 못하고 마치 왜 그따위로 살고 있느냐는 추궁이라도 당하는 듯한 기분에 사로잡히는 사람들이 있다. 평소 철학과는 거리가 먼 인생을 살아온 사람들일수록 이런 특질이 두드러지게 나타난다.

시인이 노인에게 물었다. 이 겨울 숲들은 왜 모두 침묵에 빠져 있는 것일까요. 노인이 대답했다. 너무 외로우면 숲도 사람도 할 말이 없는 법이여.

2009 ЕЏЕЉЦЕ

317

시간이 결빙되고 기억이 망실된다. 사랑도 고사목처럼 말라죽는다. 엄
동설한.

318

우주의 끝이라야 멀지도 않네. 소매 끝 한번 털면 다녀오는 거리지.

319

성공의 가장 큰 걸림돌은 해보지도 않고 '안 되면 어떡하지'라고 지레 걱정하는 습성이다. 가급적이면 이럴 때 '안 돼도 좋고 되면 더 좋고'라는 첩약을 쓰도록 하라. 약발이 잘 받지 않아도 좋고 약발이 잘 받으면 더 좋다는 사실을 명심하라.

320

지나간 버스를 세우려면 버스보다 빨리 달리는 수밖에 없다. 치열하게 사는 모습은 아름다운 모습이지 쪽팔리는 모습이 아니다.

321

이따금 무심결에 핸드폰을 리모컨으로 착각해서 티브이를 향해 겨눌 때가 있다. 그때 핸드폰이 내게 던지는 핀잔, 영감, 실탄이 없어.

322

얼음칼로 목덜미를 도려내는 날씨입니다. 빙하기가 시작되고 있습니다. 자판을 두드릴 때마다 냉각된 단어들이 서걱서걱 소리를 냅니다. 그러나 아직은 집필중 이상무.

자유로운 영혼 만세, 자유로운 예술 만세, 자유로운 그대 만세!

겨우 여덟 음절의 말만으로도 온 세상을 눈부시게 만들 수가 있습니다.

당.신.을.사.랑.합.니.다.

◆ 이 책에 담긴 그림들

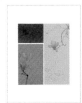

174쪽
노린재

178쪽
암모나이트

183쪽
단풍나무와 대지

186쪽
겨우벌레

190쪽
해마 화석

194쪽
제비나비와 원추리

199쪽
누리장나무

204쪽
바람과 열매

209쪽
작살나무

213쪽
낙엽과 겨울눈

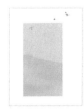

아불류 시불류

초판 1쇄 2010년 4월 30일
초판 14쇄 2014년 5월 30일

지은이 | 이외수
그린이 | 정태련
펴낸이 | 송영석

편집장 | 이진숙 · 이혜진
기획편집 | 정진라 · 박혜미 · 박신애
외서기획 | 박수진
디자인 | 박윤정 · 박새로미
마케팅 | 이종우 · 한명회 · 김유종
관리 | 송우석 · 황규성 · 전지연 · 황지현

펴낸곳 | (株)해냄출판사
등록번호 | 제10-229호
등록일자 | 1988년 5월 11일

서울시 마포구 잔다리로 30(서교동 368-4) 해냄빌딩 5 · 6층
대표전화 | 326-1600 **팩스** | 326-1624
홈페이지 | www.hainaim.com

ISBN 978-89-7337-059-7

영혼에 찬란한 울림을 던지는 이외수의 시와 에세이

이외수의 소생법

청춘불패

그대가 그대 인생의 주인이다
영혼의 연금술사 이외수의 처방전

이외수의 생존법

하악하악

팍팍한 인생 하악하악, 팔팔하게 살아보세
이외수가 탄생시킨 희망의 언어들

이외수의 소통법

여자도 여자를 모른다

사랑을 잃고 불안에 힘들어하는
이 시대에 보내는 이외수의 감성예찬

이외수의 사랑예감 詩

그대 이름 내 가슴에 숨 쉴 때까지

사랑함에 느낄 수 있는 여덟 가지 감성
이외수, 사랑과 그리움의 미학

이외수 명상집

사랑 두 글자만 쓰다가 다 닳은 연필

사랑보다 아름다운 말이 어디 있으랴
이외수가 노래하는 애틋한 사랑의 미학